毁灭

朱自清 著

朱/自/清/别/集

陈武 主编

光明日报出版社

图书在版编目（CIP）数据

毁灭 / 朱自清著. -- 北京 : 光明日报出版社,
2023.7
（朱自清别集 / 陈武主编）
ISBN 978-7-5194-7346-4

Ⅰ. ①毁… Ⅱ. ①朱… Ⅲ. ①诗集—中国—现代②歌
词集—中国—现代 Ⅳ. ①I226

中国国家版本馆CIP数据核字(2023)第124341号

毁灭

huimie

著　　者：朱自清
主　　编：陈　武

责任编辑：郭玫君　　　　策　　划：崔付建　秦国娟
封面设计：鸿儒文轩　　　责任校对：朱　莹
责任印制：曹　净

出版发行：光明日报出版社
地　　址：北京市西城区永安路106号，100050
电　　话：010-63169890（咨询），010-63131930（邮购）
传　　真：010-63131930
网　　址：http://book.gmw.cn
E - mail：gmrbcbs@gmw.cn
法律顾问：北京市兰台律师事务所龚柳方律师

印　　刷：三河市华东印刷有限公司
装　　订：三河市华东印刷有限公司
本书如有破损、缺页、装订错误，请与本社联系调换，电话：010-67019571

开　　本：130mm × 185mm　　　印　　张：6.5
字　　数：104千字
版　　次：2023年7月第1版
印　　次：2023年7月第1次印刷
书　　号：ISBN 978-7-5194-7346-4

定　　价：42.00元

前　言

朱自清出生于1898年11月22日。曾祖父朱子擎原姓余，少年时因家庭发生变故而被绍兴同乡朱姓领养，遂由余子擎改名朱子擎。朱子擎成年后和江苏涟水花园庄富户乔姓人家的女儿成婚并定居于花园庄，儿子出生时，为纪念祖先而起名朱则余。朱则余就是朱自清的祖父，娶当地吴氏女生子朱鸿钧。朱则余在海州做承审官时，朱鸿钧一家随父亲在海州定居生活。在朱自清出生的第四年，即1901年，朱鸿钧到高邮邵伯（后归江都）做一名负责收盐税的小官，朱自清随同母亲一起到邵伯生活。1903年，朱则余从海州任上退休，朱鸿钧在扬州赁屋迎养，从此便定居扬州。1916年秋，朱自清考入北京大学预科，一年后转读本科哲学系，并于1920年5月毕业。大学读书期间，朱自清受新思潮的启发和鼓舞，积极参加文学社团，从事文学创作，并全程参与以北京大学为中心的“五四”学生爱国运动。大学毕业后的五年时间里，朱自清一直在江南各地从事中学教学和文学创作，结交了叶圣陶、俞平伯、郑振铎、丰子恺、朱光潜等好友，创作了大量的白话诗、散文和教学随笔，为开辟、发展新文学创作的道路，做出了可喜的成绩和贡献。1925 年暑假后，朱自清任清华大学教授，从此开始了一生服务于清华的道路。朱自清的学生季镇淮在纪念朱自清逝世三十周年座谈会上说：“清华园确实是先生喜爱的胜地。新的环境安排了新的生活和工作。由于教学的需要，先生开展古代历史文化的研究，对汉字、汉语语法、经史子集、诗文评、小说、歌谣之类，以及外国历史文学，无所不读，无不涉猎研究，‘注重新旧文学与中外文学的融合’。而比较集中于中国文学史、中国文学批评史的研究和当代文学评论。”

1937 年，“七七”事变爆发，这是中国近代史上的一个转折点，也是朱自清生活的一个节点，随着清华大学的南迁，朱自清也一路迁徙，从长沙到南岳，再到蒙自，再到昆明，一家人分居几处，生活的艰难可想而知。随着抗日战争的不断深入，国民党统治区的物价持续飞涨，朱自清家的生活也陷入了贫困，朱自清的身体健康水平日益恶化。但朱自清在写作、教学和研究中，依然一丝不苟，奋力拼搏，一篇篇散文和研究文章不断见诸报刊，一本本新书不断出版，表现了一个中国作家、学者的韧劲和自觉。

抗日战争胜利后，朱自清于1946年随着清华大学复员而回到北平，朱自清自觉地加入民主运动中去，在研究和写作中体现了正直的知识分子的立场。在贫病交加中，由一个坚定的爱国主义者，成为一个革命民主主义者，签名拒绝领取美国救济粮。朱自清在“美帝国主义和国民党反动派面前站了起来”，表现了有骨气的中国人的传统美德和英雄气概。

朱自清一生所处的时代，是近代中国人民觉醒的时代，也是中国社会发展巨大转折的时代，朱自清没有迷失自我，坚定自己的创作、研究和教学，培养了一大批正直的知识分子和社会建设人才，留下了数百万字的作品，成为中国文化的巨大财富。

在“朱自清别集”编辑过程中，我们以1983年生活·读书·新知三联书店出版的《论雅俗共赏》、1988年江苏教育出版社陆续出版的《朱自清全集》、2011年岳麓书社出版的《语文零拾》《诗言志辨》《标准与尺度》中的部分篇目为底本，对于朱自清文章中的一些异体字和通假字以及原标点等予以照原样保留，比如，“象”“底”“勒”“意”“那”“气分”“甚么”“晕黄”等，特此说明。由于编者能力有限，有不足之处，敬请读者指正。

2022年8月

编者

目 录
Contents

新 诗

歌　词

附录：译诗

新　诗

睡吧，小小的人

同住的查君从伊文思书馆寄来的书目里，得着一小幅西妇抚儿图，下面题道："Sleep Little One"。这幅画很为可爱。

"睡吧，小小的人。"
明明的月照着，
微微的风吹着——一阵阵花香，
睡魔和我们靠着。
"睡吧，小小的人。"
你满头的金发蓬蓬地覆着，
你碧绿的双瞳微微地露着，
你呼吸着生命的呼吸，
呀，你浸在月光里了，

光明的孩子，——爱之神！

“睡吧，小小的人。”

夜底光，

花底香，

母底爱，

稳稳地笼罩着你。

你静静地躺在自然底摇篮里，

什么恶魔敢来扰你！

“睡吧，小小的人。”

我们睡吧，

睡在上帝的怀里：

他张开慈爱的两臂，

搂着我们；

他光明的唇，

吻着我们；

我们安心睡吧，

睡在他的怀里。

“睡吧，小小的人。”

明明的月照着，

微微的风吹着——一阵阵花香，

睡魔和我们靠着。

1919 年 2 月 29 日，北京。

小 鸟

清早颤巍巍的太阳光里，
两个小鸟结着伴，不住的上下飞跳。
他俩不知商量些什么，
只是咭咭呱呱的乱叫。

细碎的叫声，
夹着些微笑；
笑里充满了自由，
他们却丝毫不觉。

他们仿佛在说：“我们活着
便该跳该叫。

生命给的欢乐，

谁也不会从我们手里夺掉。”

1919 年 11 月 14 日。

光　明

风雨沉沉的夜里，
前面一片荒郊。
走尽荒郊，
便是人们底道。

呀！黑暗里歧路万千，
叫我怎样走好？
“上帝！快给我些光明吧，
让我好向前跑！”

上帝慌着说，“光明？
我没处给你找！
你要光明，
你自己去造！”

1919年11月22日。

歌　声

好嘹亮的歌声！

黑暗的空地里，

仿佛充满了光明。

我波澜汹涌的心，

像古井般平静；

可是一些没冷，

还深深地含着缕缕微温。

什么世界？

什么我和人？

我全忘记了，——一些不省！

只觉轻飘飘的，好像浮着，

随着那歌声的转折，

一层层往里追寻。

1919 年 11 月 23 日。

满月的光

好一片茫茫的月光，

静悄悄躺在地上！

枯树们的疏影

荡漾出她们伶俐的模样。

仿佛她所照临，

都在这般伶伶俐俐地荡漾；

一色内外清莹，

再不见纤毫翳障。

月啊！我愿永远浸在你的光明海里，

长是和你一般雪亮！

1919 年 12 月 6 日。

羊　群

如银的月光里，
一张碧油油的毡上，
羊群静静地睡了。
他们雪也似的毛和月掩映着，
啊！美丽和聪明！

狼们悄悄从山上下来，
羊儿梦中惊醒：
瑟瑟地浑身乱颤；
腿软了，
不能立起，只得跪着了；
眼里含着满眶亮晶晶的泪；
口中不住地芈芈哀鸣。
如死的沉寂给叫破了；
月已暗澹，
像是被芈芈声吓着似的！

狼们终于张开血盆般的口，
露列着巉巉的牙齿，
像多少把钢刀。
不幸的羊儿宛转钢刀下！
羊儿宛转，
狼们享乐，
他们喉咙里时时透出来
可怕的胜利的笑声！

他们呼啸着去了。
碧油油的毡上
新添了斑斑的鲜红血迹。
羊们纵横躺着，
一样地痉挛般挣扎着，
有几个长眠了！
他们如雪的毛上，
都涂满泥和血；
啊！怎样地可怕！

这时月又羞又怒又怯，
掩着面躲入一片黑云里去了！

新　年

　　夜幕沉沉，
笼着大地。
新年天半飞来，
啊！好美丽鲜红的两翅！
她口中含着黄澄澄的金粒——
“未来”的种子。
　　翅子“拍拍”的声音
惊破了寂寞。
他们血一般的光，
照彻了夜幕；
幕中人醒，
看见新年好乐！
　　新年交给他们

那颗圆的金粒；

她说："快好好地种起来，

这是你们生命的秘密！"

1919年12月21日。

煤

你在地下睡着，

好腌臜，黑暗！

看着的人

怎样的憎你，怕你！

他们说：

“谁也不要靠近他呵！……”

一会你在火园中跳舞起来，

黑裸裸的身材里，

一阵阵透出赤和热；

啊！全是赤和热了，

美丽而光明！

他们忘记刚才的事，

都大张着笑口，

唱赞美你的歌；
又颠簸身子，
凑合你跳舞的节。

1920 年 1 月 9 日，北京。

北河沿的路灯

有密密的毡儿，
遮住了白日里繁华灿烂。
悄没声儿的河沿上，
满铺着寂寞和黑暗。

只剩城墙上一行半明半灭的灯光，
还在闪闪铄铄地乱颤。
他们怎样微弱！
但却是我们唯一的慧眼！

他们帮着我们了解自然；
让我们看出前途坦坦。
他们是好朋友，
给我们希望和慰安。

祝福你灯光们，

愿你们永久而无限！

1920 年 1 月 25 日。

小　草

　　睡了的小草，
如今苏醒了！
立在太阳里，
欠伸着，揉她们的眼睛。
　　萎黄的小草，
如今绿色了！
俯仰惠风前，
笑迷迷地彼此向着。
　　不见了的小草，
如今随意长着了！
鸟儿快乐的声音，
“同伴，我们别得久了！”
　　好浓的春意呵！

可爱的小草，我们的朋友，

春带了你来么？

你带了她来呢？

1920 年 3 月 18 日，北京。

努　力

河的中流，

　　一只渔船荡着。

桨师坐在船头，

　　两眼向天望着。

“呀！天变了，

　　风暴给我撞着！……

看他雨横风狂，

　　只好划开船让着！”

容你让么?

　　船身儿不住的前后躺着。

“不让了！”

尽向浪头上飏着……

船呢？

往前了，和波涛抢着！

“有趣啊！有趣啊！”

桨师口中唱着。

沸腾的浪花里，

忽隐忽现的两枝桨儿荡着。

哦！远了，远了，

只见一点影儿一起一落地漾着！

努力！努力！

你们自己的世界，你们在创着！

努力！努力！

直到死了，在洪流里葬着！

1920 年 3 月 30 日。

北河沿的夜

　　沉默的天宇，
闪铄的灯光；
暗里流动着小河，
两岸攲斜着柳树。
树们相向俯着，
要握手么？
在商量小河的秘密么？
　　树们俯看小河，
河里深深地映出许多影子。
这也是他们自己么？
是他们生命的征象罢？
　　岸上的灯光，
从树缝里偷偷进来；

照得小河面上斑斑驳驳，

白一块，黑一块的，

像天将明时，东方的云一样。

那白处露出历历的皱纹，

显出黑暗里小河生活的烦闷。

1920 年，北京。

怅　惘

只如今我像失了什么，
原来她不见了！
她的美在沉默的深处藏着，
我这两日便在沉默里浸着。
沉默随她去了，
教我茫茫何所归呢？
但是她的影子却深深印在我心坎里了！
原来她不见了，
只如今我像失了什么！

沪杭道中

　　雨儿一丝一丝地下着，

每每的田园在雨里浴着，

一片青黄的颜色越发鲜艳欲滴了！

青的新出的秧针，

一块块错落地铺着；

黄的割下的麦子，

把把地叠着；

还有深黑色待种的水田，

和青的黄的间着；

好一张彩色花毡呵！

　　一处处小河缓缓地流着；

河上有些窄窄的板桥搭着；

河里几只小船自家横着；

岸旁几个人撑着伞走着；

那边田里一个农夫，披了蓑，戴了笠，

慢慢地跟着一只牛将地犁着；

牛儿走走歇歇，往前看着。

　　远远天和地密密地接了。

苍茫里有些影子，

大概是些丛树和屋宇吧？

却都给烟雾罩着了。

　　我们在烟雾里、花毡上过着；

雨儿还在一丝一丝地下着。

秋

惨澹的长天板着脸望下瞧着，
小院里两株亭亭的绿树掩映着。
一阵西风吹来，他们的叶子都颤起来了，
仿佛怕摇落的样子——
西风是报信的？
呀！飒飒地又下雨了，
叶子被打得格外颤了。
雨里一个人立着，不声不响的，
也在颤着；
好久，他才张开两臂低声说，
“秋天来了！”

1920 年 8 月，扬州作。

不足之感

他是太阳，
我像一枝烛光；
他是海，浩浩荡荡的，
我像他的细流；
他是锁着的摩云塔，
我像塔下徘徊者。
他像鸟儿，有美丽的歌声，
在天空里自在飞着；
又像花儿，有鲜艳的颜色，
在乐园里盛开着；
我不曾有什么，
只好暗地里待着了。

1920 年 10 月 3 日，杭州。

纪 游

一九二〇年十一月二十八日同维祺游天竺，灵隐，韬光，北高峰，玉泉诸胜，心里很是欢喜；二日后写成这诗。

一

灵隐的路上，
砖砌着五尺来宽的道儿，
像无尽长似的；
两旁葱绿的树把着臂儿，
让我们下面过着。
泉儿只是泠泠地流着，
两个亭儿亭亭地俯看着；

俯看着他们的，

便是巍巍峨峨的，金碧辉煌的殿宇了。

　　好阴黝幽深的殿宇！

这样这样大的庭柱，

我们可给你们比下去了！

二

　　紫竹林门前一株白果树，

小门旁又是一株——

怕生客么？却缩入墙里去了。

院里一方紫竹，

迎风颤着；

殿旁坐着几个僧人，

一声不响的；

所有的只是寂静了。

　　出门看见地下一堆黄叶，

扇儿似的一片片叠着。

可怜的叶儿，

夏天过了，

你们早就该下来了！

可爱的，

你们能伴我

伴我忧深的人么？——

我捡起两片，

珍重地藏在袋里。

三

　　韬光过了，

所有的都是寂静了。

只有我们俩走着；

微微的风吹着。

那边——无数竿竹子

在风里折腰舞着；

好一片碧波哟！

这边——红的墙，绿的窗，

颤巍巍，瘦兢兢，挺挺地，高高地耸着的，

想是灵隐的殿宇了；

只怕是画的哩？

云托着他罢？

远远山腰里吹起一缕轻烟，

袅袅地往上升着；

升到无可再升了，

便袅袅婷婷地四散了。

　　葱绿的松柏，

血一般的枫树，

鹅黄的白果树，

美丽吗？

是自然的颜色罢。

葱绿的，她忧愁罢；

血一般的，她羞愧罢！

鹅黄的，她快乐罢？

我可不知；

她自己也说不出哩。

四

北高峰了，

寂静的顶点了。

四围都笼着烟雾，
迷迷糊糊的，
什么都只有些影子了。
只有地里长着的蔬菜，
肥嫩得可爱，
绿得要滴下来；
这里藏着我们快乐的秘密哩！……
我们的事可完了，
满足和希望也只剩些影子罢了！

五

　　我们到底下来了，
这回所见又不同了：
几株又虬劲，又妩媚的老松
沿涂迎着我们；
一株笔直，笔直，通红，通红的大枫树，
立着像孩子们用的牛乳瓶的刷子；
他在刷着自然的乳瓶吗？
　　落叶堆满了路，

我们踏着；“喳喳嚓嚓”的声音。
你们诉苦么？
却怨不得我们；
谁教你们落下来的？
看哪，飘着，飘着，
草上又落了一片了。
我的朋友赶着捡他起来，
说这是没有到过地上的，
他要留着——
有谁知道这片叶的运命呢？

六

　　灵隐的泉声亭影终于再见；
灰色的幕将太阳遮着，
我们只顾走着，远了，远了；
路旁小茶树偷着开花——
白而嫩的小花——
只将些叶儿掩掩遮遮。
我的朋友忍心摘了他两朵；

怕茶树他要流泪罢?

唉！顾了我们，

便不顾得你了?

我将花簪在帽檐；

朋友将花拈在指尖；

暮色妒羡我们，

四面围着我们——

越逼越近了，

我们便浮沉着在苍茫里。

送韩伯画往俄国

天光还早，
火一般红云露出了树梢，
不住地燃烧，不住地流动；
黑漆漆的大路
照得闪闪铄铄的，有些分明了。
立着一个绘画的学徒，
通身凝滞了的血都沸了；
他手舞足蹈地唱起来了：
“红云呵！
鲜明美丽的云啊！
你给了我一个新生命！
你是宇宙神经的一节；
你是火的绘画——

谁画的呢？

我愿意放下我所曾有的，

跟着你走；

提着真心跟着你！”

他果然赤裸裸的从大路上向红云跑去了！

祝福你绘画的学徒！

你将在红云里，

偷着宇宙的密意，

放在你的画里；

可知我们都等着哩！

1920 年 12 月 28 日。

自　白

　　朋友们硬将担子放在我肩上，
他们从容去了。
　　担子渐渐将我压扁，
他说，“你如今全是‘我的’了”。
我用尽两臂的力，
想将他掇开去。
但是——迟了些！
　　成天蜷曲在担子下的我，
便当那儿是他的全世界；
灰色的冷光四面反映着他，
一切都板起脸向他。
　　但是担子他手里终会漏光，
我昏花的两眼看见了：

四围不都是鲜嫩的花开着吗?
绯颊的桃花，粉面的荷花，
金粟的桂花，红心的梅花，
都望着我舞蹈，狂笑;
笑里送过一阵阵幽香，
全个儿的我给它们薰透了!

　　我像一个疯子，
周身火一般热着:
两只枯瘦的手拚命地乱舞，
一双软弱的脚尽力地狂踏;
扯开哑了的喉咙，
大声地笑着喝着;
什么都像忘记了?

　　但是——
担子他的手又突然遮掩来了!

1921 年 2 月 3 日。

依　恋

坐到三等车里，

模糊念着上海的一月，

我的心便沉沉了。

1921年2月18日，沪杭车中。

冷　淡

“像一张碟子”——[1]，

他看着我。

从他的眼光里，

映出一个个被轻蔑和玩弄的我。

他讥讽似地说了些话，

又遮遮掩掩佯笑着；

像利剑刺在我心里。

我恳挚地对他

说出那迫切的要求。

他板板脸听着，

慢条斯理，有气没力地答应，

---

① “波兰的小说家曾说一个贵族看‘人’，好像是看一张碟子。”——见周作人先生《游日本杂感》。

最后说，“我不能哩。”——

又遮遮掩掩佯笑着，去了。

我神经大约着了寒，

都痉挛般抽搐着；

我只有颤巍巍哭了！

1921年2月22日，杭州。

心　悸

给我心的

给我未生者底心。

世界是太大了，

她只是悸呵。

我把嘴儿亲她，

泪儿洗她。……

我放她在太阳底下，

让他照她，

和风吹她，

细雨润她，……

我薰她在蔷薇园里，

我暖她在鹧鸪腹下。……

父底爱，

妻底爱，

爱我的底爱，

旋涡般流着她。……

　　世界是太大了，

她只是悸呵！

　　给我心的……

恕我无力；

还了你这悸的也罢！

1921 年 3 月 13 日，杭州。

旅　路

　　我再三说，我倦了，
恕我，不能上前了！
　　春底旅路里所有的悦乐，
我曾尽力用我浅量的心吸饮。
悦乐到底干涸，
我的力量也暗中流去。
恕我，不能上前了！
　　希望逼迫地引诱我，
又安慰我，
“就回去哩！”
我不信希望，
却被勒着默默地将运命交付了她。——
无力的人们

怎能行他所愿呢？

　　焦了每次微跳的心，

竭了每滴潜藏的力；

唉！眼前已是我的屋里了！

唉！眼前已是我的屋里了！

疲倦电一般抽搐着全身；

我倒在地上，

我空伸着两手躺在地上！

　　上帝，你拿去我所有的，

赐我些什么呢？

可怜你无力的被创造者，

别玩弄地宠着了；

取回他所仅存的，

兑给他“安息”罢！——

他专等着这个哩。

1921年4月25日，杭州。

湖　上

　　绿醉了湖水，

柔透了波光；

擎着——擎着

从新月里流来

一瓣小小的小船儿：

白衣的平和女神们

随意地厮并着——

柔绿的水波只兢兢兢兢地将她们载了。

　　舷边颤也颤的红花，

是的，白汪汪映着的一枝小红花呵。

一星火呢？

一滴血呢？

一点心儿罢？

她们柔弱的，但是喜悦的，

爱与平和的心儿？

她们开始赞美她；

唱起美妙的，

不容我们听，只容我们想的歌来了。

白云依依地停着；

云雀痴痴地转着；

水波轻轻地汩着；

歌声只是袅袅娜娜着：

人们呢，

早被融化了在她们歌喉里。

　　天风从云端吹来，

拂着她们的美发；

她们从容用手掠了。

于是——挽着臂儿，

并着头儿，

点着足儿；

笑上她们的脸儿，

唱下她们的歌儿。

　　我们

被占领了的，

满心里，满眼里，

企慕着在破船上。

她们给我们美尝了，

她们给我们爱饮了；

我们全融化了在她们里，

也在了绿水里，

也在了柔波里，

也在了小船里，

和她们的新月的心里。

1921 年 5 月 14 日。

人　间

那蓝褂儿，草鞋儿，

赤了腿，敞着胸的朋友

挑副空的箩担来了。

他远远地见着——

见了歧路中徬徨的我；

他亲亲热热地招呼：

“你到那里？”

我意外地听他，

迫切地答他时，

他殷勤地指点我；

他有黑而干燥的面庞，

灰色凝滞的眼光，

和那天然的粗涩的声调。

从这些里，

我接触着他纯白的真心。

但是，我们并不曾相识。

　　她穿的紫袄儿，

系的黑裙儿，

走在她母亲后面。

她伶俐的身材，

停匀的脚步，

和那白色的脸儿，

端庄，沉静，又和蔼的，

妙庄严的脸儿：

在我车子过时，

一闪地都收入我眼底。

那时她用融融的眼波

随意地看我；

我回过头时，

她还在看我：——

真的，她再三看我。

从她双眼里，

我接触着她烂漫的真心。

但是，我们并不曾相识。

1921 年 5 月，杭州。

转　眼

一九二〇年五月，在北京大学毕业，即到杭州第一师范教书。初到时，小有误会；我辞职。同学留住我。后来他们和我很好。但我自感学识不足，时觉彷徨。这篇诗便是我的自白。

转眼的韶华，
霎的又到了黄梅时节。
听——点点滴滴的江南；
看——僝僝僽僽的天色；
是处找不着一个笑呵。
人间的那角上，
尽冷清清徘徊着他游子。
熟梅风吹来弥天漫地的愁，

絮团团拥了他；

他怯怯的心弦们，

春天和暖的太阳光里

袅着的游丝们的姊妹罢；

只软软轻轻地弹唱，

弹唱着那

温柔的四月里

百花开时，

智慧者用了灌溉群芳的

如酥的细雨般的调子。

她们唱道，

“这样无边愁海里浮沉着的，

可怎了得呵！”

她们忧虑着将来，

正也惆怅着过去。

　　她们唱呵：

去年五月，

湿风从海滨吹来，

燕子从北方回去的时候，

他开始了他的旅路。

四年来的老伴，

去去留留，暂离还合的他俩，

今朝分手——今朝分手。

她尽回那

临别的秋波；

喜么？

嗔么？

他那里理会得？

那容他理会得！

他们呢？

新交，旧识的他们，

也剩了面面相觑；

只有淡淡的一杯白酒，

悄悄地搁在他前；

另有微颤的声浪：

“江南没熟人哩；

喝了我们的去罢……”

他飞眼四面看了，

一声不响饮了。——

他终于上了那旅路。

她们唱呵：

这正是青年的夏天，

和他搀着手走到江南来了。

腼腆着他的脸儿，

忐忑着他的心儿；

趔趄着，

踅吧。

东西南北那眼光，

惊惊诧诧地睐他。

他打了几个寒噤；

头是一直垂下去了。

他也曾说些什么，

他们好奇地听他；

但生客们的语言，

怎能够被融洽呢？

“可厌的！”——

从他在江南路上，

初见湖上的清风

俯着和茸茸绿草里

随意开着

没有名字的小花们

私语的时候，

他所时时想着，也正怕着的

那将赐给生客们照例的诅咒，

终于被赐给了；

还带了虐待来了。

可是你该知道，

怎样是生客们的暴怒呵！

羞——红了他的脸儿，

血——催了他的心儿；

他掉转头了，

他拔步走了；

他说，

他不再来了！

生客的暴怒，

却能从他们心田里，

唤醒了那久经睡着的，

不相识者的同情；

他们正都急哩！

狂热的赶着，

沙声儿喊着：

“为甚撇下爱你的我们？

为甚弃了你爱的朋友？”

他的脸于是酸了，

他的心于是软了；

他只有留下，

留下在那江南了。

　　她们唱呵：

他本是一朵蓓蕾，

是谁掐了他呢？

谁在火光当中

逼着他开了花，

暴露在骄傲的太阳底下呢？

他总只有怯着！

等呵！只等那灰絮絮的云帷，

——唉，黑茸茸的夜幕也好——

遮了太阳的眼睛时，

他才敢躲在树荫里苦笑，

他才敢躲在人背后享乐。

可是不倦的是太阳；

他蒙了脸时终是少呵！

客人们倒真“花”一般爱他；

但他总觉当不起这爱，

他只羞而怕罢！

却也有那无赖的糟蹋他，

太阳里更不免有丑事呕他，

他又将怎样恼恨呢？——

尽颠颠倒倒的终日，

飘飘泊泊了一年，

他总只算硬挣着罢。

可怜他疲倦的青春呵！

　　愁呢，重重叠叠加了，

弦呢，颤颤巍巍岔了；

袅着的，缠着了，

唱着的，默着了。

理不清的现在，

摸不着的将来，

谁可懂得，

谁能说出呢？

况他这随愁上下的，

在茫茫漠漠里
还能有所把捉么?
待顺流而下罢!
空辜负了天生的“我”;
待逆流而上呵,
又惭愧着无力的他。
被风吹散了的,
被雨滴碎了的,
只剩有踯躅,
只剩有徬徨;
天公却尽苦着脸,
不瞅不睬地相向。——
可是时候了!
这样莽莽荡荡的世界之中,
到底那里是他的路呢!

1921 年 6 月，杭州作。

自　从

一

　　自从撒旦摘了“人间的花”，
上帝时常叹息，
又时常哀哭，
所以才有风雨了。
　　因为只要真实的东西，
撒旦他丢给人们
那朦胧的花影；
便是狂醉里，幻想中，
睡梦边，风魔时，
和我们同在的了。

二

也有芳草们连天绿着，
槐荫们夹道遮了；
也有葡萄们搀手笑着，
梅花们冒雪开了。
便是风，也温温可爱啊；
便是雨，也楚楚可怜啊。
但我们——
我们被掠夺的，
从我们心上
失去了“人间的花”，
却凭什么和他们相见，
凭什么和他们相见呢？
我们眼睁睁望着；
他们也眼巴巴瞧着。
“接触着么？”
“无这力啊！”
望的够倦了，
瞧的也漠然了；

隔膜这样成就，
我们便失了他们了！

三

“找我们的花去罢！”
都上了人生底旅路。
我清早和太阳出去，
跟着那模糊的影子，
也将寻我所要的。
夜幕下时，
我又和月亮出去，
和星星出去；
没有星星，
我便提灯笼出去。
我寻了二十三年[1]，
只有影子，
只有影子啊！

---

① 我今年二十三岁。

近，近，近，——眼前！
远，远，远，——天边！
唇也焦了；
足也烧了；
心也摇摇了；
我流泪如喷泉，
伸手如乞丐：
我要我所寻的，
却寻着我所不要的！——
因为谁能从撒旦手里，
夺回那已失的花呢？

四

　　可是——
都跃跃跃跃地要了，
都急急急急地寻了！
得不着是同然；
却彼此遮掩着，

讪笑着，又诅咒着：

像轻烟笼了月明一般，

疑云幂了人们底真心了。

于是歆慕开始了；

嫉妒也开始了；

觊觎和劫夺都开始了！

我们终于彼此撒手！

我们终于彼此撒手！

五

我们的地母，

那“白发苍苍，悲悲惨惨”的地母呵，

却合了掌给我们祝福了；

伊只有徒然的祝福了！——

清泪从伊干瘪的眼眶里，

像瀑布般流泻；

那便是一条条的川流了。

六

　　痴的尽管默着，

乖的终要问呵：

“倘然‘人间的花’再临于我，

那必在什么时候呢？”

告诉你聪明的人们：

直到他俩的心

都给悲哀压碎了，

满天雨横风狂，

满地洪流泛滥底时候，

世界将全是撒旦的国土，

全是睡和死底安息；

那时我们底花

便将如锦绣一般，

开在我们的眼前了！

1921 年 10 月，吴淞。

杂诗三首

一

　　风沙卷了，
先驱者远了！

二

昙花开到眼前时，
便向她蝉翼般影子里，
将忧愁葬了。

三

无力——还在家里吧；
满街是诅咒呵！

1921 年 11 月，上海。

附：

《杂诗三首》序

上月二十三日接平伯自杭州来信，说他自创新体，作短诗，并附寄《忆游杂诗》一篇十四首。我很欢喜这种短诗。从前读周启明先生《日本的诗歌》一文，便已羡慕日本底短歌；当时颇想仿作一回，却因人事牵率，将那心思搁置了。现在读了平伯所作，不禁又怦然动念；于是就诌了这三首。

我欢喜这种短诗，因为他能将题材表现得更精彩些，更经济些。周先生论日本底短歌，说："……但他虽不适于叙事，若要描写一地的景色，一时的情调，却很擅长。”我们主张短诗，正是这个意思；并且也为图普遍起见。——因为短诗简单隽永，平易近人。可是中国字都是单音；在简短的诗形里，要有啴缓和美的节奏，很不易办。往往音节太迫促了，不能引起深沉的思念，便教人读着不像一首已完的诗；如“满城风雨近重阳”之类，意境原可以算完成了，但节奏太急，便像有些站不住似的；所以终于只能算是长诗底一部分，不成功一首独立的诗。不过我们说的短诗，并不像日本底短歌、俳句等，要限音数和节数；这里还有些自由伸缩底余地。——要创造短歌、俳句等一类东西，自然是办不到；若说在我们原有诗形外，另作出一种短的诗形，那也许可能罢。这全靠现在诗坛底努力了。至于我这三首，原是尝试之作，既不能啴缓和美，也未必平易近人；那是关于我的无力，要请读者谅解的了。

所谓短诗底“短”，正和短篇小说底“短”一样；行数底少固然是一个不可缺的元素，而主要的元素，却在平伯所谓“集中”；不能集中的，虽短，还不成诗。所谓“集中”，包括意境和音节说。——谈到短诗底意境，如前所引周先生底话，自然是“一地的景色”或“一时的情调”。因而短诗底能事也有写景、抒情两种；而抒情为难。正如平伯给我的另一信说："……因短诗所表现的，只有中心的一点。但这一点从千头万绪中间挑选出来，真是极不容易。读者或以为一两句耳，何难之有；而不知神思之来，偏不难于千百句而难于一二句。……做写景短诗，我已颇觉其选择之难，抒情恐尤难矣；因景尚易把捉，情则尤迷离惝恍也。"

三首短诗，却有这样长的序，未免所谓"像座比石像还大"；可是因为初次发表，有解释底必要，所以终于累累赘赘地说了。

1921 年 11 月 7 日，上海，《诗》第一卷第一期。

黑　暗

这是一个黑漆漆的晚上，

我孤零零地在广场底角上坐着。

远远屋子里射出些灯光，

仿佛闪电的花纹，散着在黑绒毡上——

这些便是所有的光了。

他们有意无意地，

尽着微弱的力量跳荡；

看哪，一闪一铄地，

这些是黑暗的眼波哟！

颤动的他们里，

憧憧地几个人影转着；

周围的柏树默默无言地响着。……

一片——世界底声；市声，人声；

从远远近近所在吹来的，
汹涌着，融和着。……
这些是黑暗底心澜哟！
　　广场的确大了，
大到不能再大了：
黑暗底翼张开，
谁能想象他们的界限呢？——
他们又慈爱，又温暖，
什么都愿意让他们覆着；
所有的自己全被忘却了。
一切都黑暗，
“咱们一伙儿！”

1921 年 11 月 7 日，杭州。

沪杭道上的暮

风澹荡，
平原正莽莽，
云树苍茫，苍茫；
暮到离人心上。

1921 年 11 月 18 日，沪杭车中。

挽　歌

尧深死后，有一缕轻烟似的悲哀盘旋在我心上，久久不灭。昨日读了《楚辞·招魂》，更恻恻不能自已。因略参《招魂》之意，写成此歌，以抒伤逝的情怀。

云漫漫，风骚骚，
人间路呀，迢迢！
这隐隐约约的，
是你的遗踪？
那渺渺茫茫的，
是你的笑貌？
你不怕孤单？
你甘心寂寥？

为什么如醉如痴，

踯躅在那远刁刁荒榛古道？

　　天寒了，

日暮了，

剩有白杨的萧萧。

我把你的魂来招！

我把你的魂来招！

“尧深呀，

归来！”

尽有那暮暮朝朝，

够你去寻欢笑。

去寻欢笑！

高山上，有着好水；

平地上，百花眩耀[①]；

日月光，何皎皎！

更多少人儿，

分你的忧，

慰你的无聊！

---

① 俗歌里有这两语：“高山有好水，平底有好花。”

“尧深呀，

归来！”

为什么如醉如痴，

徘徊在那远刁刁荒榛古道？

　　仰头——

苍天的昊昊，

低头——

衰草的滔滔；

呀！我的眼儿焦，

你的影儿遥！

呀！我的眼儿焦，

你的影儿遥！

12 月 4 日，尧深追悼会之晨，在杭州。

睁　眼

　　夜被唤回时，
美梦从眼边飞去。
熹微的晨光里，
先锋们的足迹，
牧者们的鞭影，
都晃荡着了，
都照耀着了，
是怕？是羞？
于是那漫漫的前路。
想裹足吗？徒然！
且一步步去挨着啵——
直到你眼不必睁，不能睁的时候。

1921 年 12 月，杭州。

静

　　淡淡的太阳懒懒地照在苍白的墙上；
纤纤的花枝绵绵地映在那墙上。
我们坐在一间“又大、又静、又空”的屋里，
慢腾腾地，甜蜜蜜地，看着
太阳将花影轻轻地、秒秒地移动了。
　　屋外鱼鳞似的屋；
螺髻似的山；
白练似的江；
明镜似的湖。
地上的一切，一层层屋遮了；
山上的，一叠叠青掩了；
水上的，一阵阵烟笼了。
我们尽默默地向着，

都不曾想什么；

只有一两个游客门外过着，

“珠儿”，“珠儿”地，雏鹰远远地唱着。

1921 年 12 月 22 日，杭州，城隍山，四景园。

星　火

“在你靡来这四五个月，
我老子死了，
娘也没了；
只剩我独自一个了！”
卖酥饺儿的
那十八九岁的小子，
在我这回重见他时，
质朴而恳挚地向我说。
这教我从来看兄弟们作蓦生人的
惊讶，也羞惭；
终于悲哀着感谢了。
回头四五个月前，
一元钱的买卖

结识了他和我。
他尽殷殷的，
我只冷冷的；
差别的心思
分开了我们俩，
从手交手的当儿。
我未曾想着，
谁也该忘了吧。
却不道三两番颠沛流离以后，
还有这密密深深的声口，
于他刹那的朋友！
我的光荣呵；
我若有光荣呵！

　　记得那日来时，
油镬里煎着饺儿的，
还有那慈祥而憔悴的妇人；
许就是他的娘了。
一个平平常常的妇人，
能有些什么，
于这漠漠然的我！

况她已和时光远了呢?

可是——真有点奇呵,

那温厚的容颜,

骤然涌现于我蒙眬的双眼!

在肩摩踵接的大街中,

我依依然有所思了;

茫茫然有所失了!

我的悲哀——

虽然是天鹅绒样的悲哀呵!

1921年12月22日。

除　夜

除夜的两枝摇摇的白烛光里，
我眼睁睁瞅着，
一九二一年轻轻地踅过去了。

1921 年除夕，杭州。

笑　声

是人们的笑声哩。
追寻去，却跟着风走了！

1922年2月21日。

灯　光

那泱泱的黑暗中熠耀着的，
一颗黄黄的灯光呵，
我将由你的熠耀里，
凝视她明媚的双眼。

1922 年 2 月 22 日。

独　自

白云漫了太阳；

青山环拥着正睡的时候，

牛乳般雾露遮遮掩掩，

像轻纱似的，

幂了新嫁娘的面。

默然在窗儿口，

上不见只鸟儿，

下不见个影儿，

只剩飘飘的清风，

只剩悠悠的远钟。

眼底是靡人间了，

耳根是靡人间了；

故乡的她，独灵迹似的，

猛猛然涌上我的心头来了！

1922 年 2 月 22 日。

侮　辱

“请客气些！

设法一个舱位！”

“哼哼——

没有，没有！

你认得字罢？

看这张定单！——

不要紧——不用忙；

坐坐；

我筛杯茶你喝了去——”

他无端地以冷笑嘲弄我，

意外地以言语压迫我；

我也是有血的，

怎能不涨红了脸呢？

可是——也说不出什么，

只喃喃了两声，

便愤愤然走了。

　　我觉得所失远在舱位以上了！

我觉得所感远在愤怒以上了！

被遗弃的孤寂哪，

无友爱的空虚哪：

我心寒了，

我心死了！

　　却猛然间想到，

昨晚的台州！

逼窄的小舱里，

黄晕的灯光下，

朋友们的十二分的好意！

便轻易忘记了么？

我真是罪过的人哪。

于是——我心头又微微温转来了；

于是——我才能苟延残喘于人间世了！

1922 年 4 月 28 日，海门上海船中。

宴罢

拉着，扯着，——让着，

我们团团坐下了。

“请罢，

请罢！”

杯子都举了，

筷子都举了。

酽酽的黄酒，

腻的腻的鱼和肉；

喷鼻儿香！

真喷鼻儿香！

还得拉拢着，

还得照顾着：

笑容掬在了脸上；

话到口边时，
淡也淡的味儿！

酒够了！
菜足了！
脸红了，
头晕了；
胃膨胀了，
人微微地倦了。

倦了的眼前，
才有了倦了的阿庆！
他可不止“微微地”倦了；
大粒的汗珠涔涔在他额上，
涔涔下便是饥与惫的颜色。
安置杯箸是他，
斟酒是他，
捧茶是他，
递茶和烟是他，
绞手巾也是他；
我们团团坐着，
他尽团团转着！

杯盘的狼藉，
果物的零乱，
他还得张罗着哩，
在饥且惫了以后。

　　于是我觉得僭妄了，
今天真的侮辱了阿庆！
也侮辱了沿街住着的
吃咸菜红米饭的朋友！
而阿庆的如常的小心在意，
更教我惊诧，
甚至沉重地向我压迫着哩！

　　我们都倦了！
我们都病了！
为了什么呢？
为了什么呢？

1922 年 5 月，台州所感，作于杭州。

仅存的

发上依稀的残香里，
我看见渺茫的昨日的影子——
远了，远了。

1922 年 7 月，杭州。

小舱中的现代

“洋糖百合稀饭，

三个铜板一碗，

那个吃的？”

“竹耳扒[①]，破费你老人[②]家一个板；

只当空手要的！”

“吃面吧，那个吃饺面吧？”

“潮糕[③]要吧？开船早哩！”

“行好的大先生，你可怜可怜我们娘儿俩啵——

肚子饿了好两天罗！”

“梨子，一角钱五个，不甜不要钱！”

---

① 耳挖。

② 读轻音。

③ 食品名。

“到扬州住那一家？
照顾我们吧；
有小房间，二角八分一天！”
“看份报消消遣？”
“花生，高粱酒吧？”
“铜锁要吧？带一把家去送送人！”
“郭郭郭郭”，一叠春画儿闪过我的眼前；
卖者眼里的声音，“要吧！”
“快开头[①]了，贱卖啦，
梨子，一角钱八个，那个要哩？”

拥拥挤挤堆堆叠叠间，
只剩了尺来宽的道儿；
在溷浊而紧张的空气里，
一个个畸异的人形
憧憧地赶过了——
梯子上下来，
梯子上上去。
上去，上去！

---

① 开船之意。

下来，下来！

灰与汗涂着张张黄面孔，

炯炯的有饥饿的眼光；

笑的两颊，

叫的口，

检点的手，

更都有着异样的展开的曲线，

显出努力的痕迹；

就像饿了的野兽们本能地想攫着些鲜血和肉一般，

他们也被什么驱迫着似的，

想攫着些黯淡的铜板，白亮的角子！

在他们眼里，

舱里拥挤着的堆叠着的，

正是些铜元和角子！——

只饰着人形罢了，

只饰着人形罢了。

可是他们试试攫取的时候，

人形们也居然反抗了；

于是开始了那一番战斗！

小舱变了战场，

他们变了战士，

我们是被看做了敌人！

从他们的叫嚣里，

我听出杀杀的喊呼；

从他们的顾盼里，

我觉出索索的颤抖；

从他们的招徕里，

我看出他们受伤似地挣扎；

而掠夺的贪婪，

对待的残酷，

隐约在他们间，

也正和在沙场上兵们间一样！

这也是大战了哩。

　　我，参战的一员，

从小舱的一切里，

这样，这样，

悄然认识了那窒着息似的现代了。

1922年7月21日，镇江扬州小轮中所感，

30日作于扬州。

毁　灭

六月间在杭州。因湖上三夜的畅游，教我觉得飘飘然如轻烟，如浮云，丝毫立不定脚跟。常时颇以诱惑的纠缠为苦，而亟亟求毁灭。情思既涌，心想留些痕迹。但人事忙忙，总难下笔。暑假回家，却写了一节；但时日迁移，兴致已不及从前好了。九月间到此，续写成初稿；相隔更久，意态又差。直至今日，才算写定，自然是没劲儿的！所幸心境还不曾大变，当日情怀，还能竭力追摹，不至很有出入；姑存此稿，以备自己的印证。

一九二二年十二月九日晚记。

踯躅在半路里，

垂头丧气的，

是我，是我！

五光吧，

十色吧，

罗列在咫尺之间；

这好看的呀！

那好听的呀！

闻着的是浓浓的香，

尝着的是腻腻的味；

况手所触的，

身所依的，

都是滑泽的，

都是松软的！

靡靡然！

怎奈何这靡靡然？——

被推着，

被挽着，

长只在俯俯仰仰间，

何曾做得一分半分儿主？

在了梦里，

在了病里；

只差清醒白醒的时候！

白云中有我，

天风的飘飘，

深渊中有我，

伏流的滔滔；

只在青青的，青青的土泥上，

不曾印着浅浅的，隐隐约约的，我的足迹！

我流离转徙，

我流离转徙；

脚尖儿踏呀，

却踏不上自己的国土！

在风尘里老了，

在风尘里衰了，

仅存一个懒恹恹的身子，

几堆黑簇簇的影子！

幻灭的开场，

我尽思尽想：

“亲亲的，虽渺渺的，

我的故乡——我的故乡！

回去！回去！”

　　虽有茫茫的淡月，
笼着静悄悄的湖面，
雾露濛濛的，
雾露濛濛的；
仿仿佛佛的群山，
正安排着睡了。
萤火虫在雾里找不着路，
只一闪一闪地乱飞。
谁却放荷花灯哩？
“哈哈哈哈……”
“嚇嚇嚇嚇……”
夹着一缕低低的箫声，
近处的青蛙也便响起来了。
是被摇荡着，
是被牵惹着，
说已睡在“月姊姊的臂膊”里了；
真的，谁能不飘飘然而去呢？
但月儿其实是寂寂的，
萤火虫也不曾和我亲近，
欢笑更显然是他们的了。

只有箫声，

曾引起几番的惆怅；

但也是全不相干的，

箫声只是箫声罢了。

摇荡是你的，

牵惹是你的，

他们各走各的道儿，

谁理睬你来？

横竖做不成朋友，

缠缠绵绵有些什么！

孤零零的，

冷清清的，

没味儿，没味儿！

还是掉转头，

走你自家的路。

回去！回去！

　　虽有雪样的衣裙，

现已翩翩地散了，

仿佛清明日子烧剩的白的纸钱灰。

那活活像小河般流着的双眼，

含蓄过多少意思，蕴藏过多少话句的，

也干涸了，

干到像烈日下的沙漠。

漆黑的发，

成了蓬蓬的秋草；

吹弹得破的面孔，

也只剩一张褐色的蜡型。

况花一般的笑是不见一痕儿，

珠子一般的歌喉是不透一丝儿！

眼前是光光的了，

总只有光光的了。

撇开吧

还撇些什么！

回去！回去！

　　虽有如云的朋友，

互相夸耀着，

互相安慰着，

高谈大笑里

送了多少的时日；

而饮啖的豪迈，

游踪的密切，

岂不像繁茂的花枝，

赤热的火焰哩！

这样被说在许多口里，

被知在许多心里的，

谁还能相忘呢？

但一丢开手，

事情便不同了：

翻来是云，

覆去是雨，

别过脸，

掉转身，

认不得当年的你！——

原只是一时遣着兴罢了，

谁当真将你放在心头呢？

于是剩了些淡淡的名字——

莽莽苍苍里，

便留下你独个，

四围都是空气吧了，

四围都是空气吧了！

还是摸索着回去吧；

那里倒许有自己的弟兄姊妹，

切切地盼望着你。

回去！回去！

　　虽有巧妙的玄言，

像天花的纷坠；

在我双眼的前头，

展示渺渺如轻纱的憧憬——

引着我飘呀，飘呀，

直到三十三天之上。

我拥在五色云里，

灰色的世间在我脚下——

小了，更小了，

远了，几乎想也想不到了。

但是下界的罡风

总归呼呼地倒旋着，

吹入我丝丝的肌里！

摇摇荡荡的我

倘是跌下去啊，

将像泄着气的轻气球，

被人践踏着玩儿，

只余嗤嗤的声响！

况倒卷的罡风，

也将像三尖两刃刀，

劈分我的肌里呢？——

我将被肢解在五色云里；

甚至化一阵烟，

袅袅地散了。

我战栗着，

“念天地之悠悠”……

回去！回去！

　　虽有饿着的肚子，

拘挛着的手，

乱蓬蓬秋草般长着的头发，

凹进的双眼，

和软软的脚，

尤其灵弱的心；

都引着我下去，

直向底里去，

教我抽烟，

教我喝酒，

教我看女人。

但我在迷迷恋恋里，

虽然混过了多少时刻，

只不让步的是我的现在，

他不容你不理他！

况我也终于不能支持那迷恋人的，

只觉肢体的衰颓，

心神的飘忽，

便在迷恋的中间，

也潜滋暗长着哩！

真不成人样的我，

就这般轻轻地速朽了么？

不！不！

趁你未成残废的时候，

还可用你仅有的力量！

回去！回去！

　　虽有死仿佛像白衣的小姑娘，

提着灯笼在前面等我，

又仿佛像黑衣的力士，

擎着铁锤在后面逼我——

在我烦忧着就将降临的败家的凶惨，

和一年来骨肉间的仇视，

（互以血眼相看着）的时候；

在我为两肩上的人生的担子

压到不能喘气，

又眼见我的收获

渺渺如远处的云烟的时候；

在我对着黑黪黪又白漠漠的将来，

不知取怎样的道路，

却尽徘徊于迷悟之纠纷的时候：

那时候她和他便隐隐显现了，

像有些什么，

又像没有——

凭这样的不可捉摸的神气，

真尽够教我向往了。

去，去，

去到她的，他的怀里吧。

好了，她望我招手了，

他也望我点头了。……

但是，但是，

她和他正都是生客，

教我有些放心不下；

他们的手飘浮在空气里，

也太渺茫了，

太难把握了，

教我怎好和他们相接呢？

况死之国又是异乡，

知道它什么土宜哟！

只有在生之原上，

我是熟悉的；

我的故乡在记忆里的，

虽然有些模糊了，

但它的轮廓我还是透熟的，——

哎呀！故乡它不正张着两臂迎我吗？

瓜果是熟的有味，

地方和朋友也是熟的有味；

小姑娘呀，

黑衣的力士呀，

我宁愿回我的故乡，

我宁愿回我的故乡；

回去！回去！

　　归来的我挣扎挣扎，

拨烟尘而见自己的国土！

什么影像都泯没了，

什么光芒都收敛了；

摆脱掉纠缠，

还原了一个平平常常的我！

从此我不再仰眼看青天，

不再低头看白水，

只谨慎着我双双的脚步；

我要一步步踏在土泥上，

打上深深的脚印！

虽然这些印迹是极微细的，

且必将磨灭的，

虽然这迟迟的行步

不称那迢迢无尽的程途，

但现在平常而渺小的我，

只看到一个个分明的脚步，

便有十分的欣悦——

那些远远远远的

是再不能，也不想理会的了。

别耽搁吧，

走！走！走！

细　雨

东风里
掠过我脸边，
星呀星的细雨，
是春天的绒毛呢。

1923 年 3 月 8 日。

香

“闻着梅花香么？”——
徜徉在山光水色中的我们，
陡然都默契着了。

1924 年 1 月 2 日，温州作。

别　后

　　我和你分手以后，

的确有了长进了！

大杯的喝酒，

整匣的抽烟，

这都是从前没有的。

喝了酒昏昏的睡，

烟的香真好——

我的手指快黄了，

有味，有味。

因为在这些时候，

忘了你，

也忘了我自己！

　　成日坐在有刺的椅上，

老想起来走；

空空的房子，

冷的开水，

冷的被窝——

峭厉的春寒呀，

我怀中的人呢？

　　你们总是我的，

我却将你们冷冷的丢在那地方，

没有依靠的地方！

我是你唯一的依靠，

但我又是靠不住的；

我悬悬的

便是这个。

我是个千不行万不行的人，

但我总还是你的人！——

唉！我又要抽烟了。

1924 年 3 月，宁波作。

赠 A.S.

　　你的手像火把，
你的眼像波涛，
你的言语如石头，
怎能使我忘记呢？
　　你飞渡洞庭湖，
你飞渡扬子江；
你要建红色的天国在地上！
地上是荆棘呀，
地上是狐兔呀，
地上是行尸呀；
你将为一把快刀，
披荆斩棘的快刀！
你将为一声狮子吼，

狐兔们披靡奔走！
你将为春雷一震，
让行尸们惊醒！

我爱看你的骑马，
在尘土里驰骋——
一会儿，不见踪影！
我爱看你的手杖，
那铁的铁的手杖；
它有颜色，有斤两，有铮铮的声响！
我想你是一阵飞沙走石的狂风，
要吹倒那不能摇撼的黄金的王宫！
那黄金的王宫！
呜……吹呀！

去年一个夏天大早我见着你：
你何其憔悴呢？
你的眼还涩着，
你的发太长了！
但你的血的热加倍地熏灼着！
在灰泥里辗转的我，
仿佛被焙炙着一般！——

你如郁烈的雪茄烟，
你如酽酽的白兰地，
你如通红通红的辣椒，
我怎能忘记你呢？

1924 年 4 月 15 日，宁波作。

风　尘

——兼赠F君

莽莽的罡风，

将我吹入黄沙的梦中。

天在我头上旋转，

星辰都像飞舞的火鸦了！

地在我脚下回旋，

山河都向着我滚滚而来了！

乱沙打在我面上时，

我才略略认识了自己；

我的眼好容易微微的张开——

好利害的沙呀！

砖石变成了鸽子纷纷的飞；

朦胧的绿树大刷帚似的

从我脚边扫过去；

新插的秧针简直是软毛刷，

刷在我的颊上，腻腻儿的。

牛马呀！牛马呀！

都飞起来了！

人呢，人也飞起来了——

墓中的死者也飞起来了！

呀，我在那儿呀？

也飞着哩！也飞着哩！

呀，F君，你呢？你呢？

也在什么地方飞吧？

来携手呀，

我们都在黄沙的梦里呀，

我们都在黄沙的梦里呀！

1924年5月28日，驿亭宁波车中。

血　歌

——为五卅惨剧作

　　血是红的！
血是红的！
狂人在疾走，
太阳在发抖！
　　血是热的！
血是热的！
熔炉里的铁，
火山的崩裂！
　　血是长流的！
血是长流的！
长长的扬子江，
黄海的茫茫！

血的手！

血的手！

戟着指，

指着他我你！

血的眼！

血的眼！

团团火，

射着他你我！

血的口！

血的口！

申申詈，

唾着他我你！

中国人的血！

中国人的血！

都是兄弟们，

都是好兄弟们！

破了天灵盖！

断了肚肠子！

还是兄弟们，

还是好兄弟们！

我们的头还在颈上！

我们的心还在腔里！

我们的血呢？

我们的血呢？

“起哟！

起哟！”

1925 年 6 月 10 日。

给死者

　　你们的血染红了马路；

你们的血染红了人心！

　　日月将为你们而躲藏！

云雾将为你们而弥漫！

风必不息地狂吹！

雨必不息地降下！

　　黄浦江将永远地掀腾！

电线杆将永远地抖颤！

上海市将为你们而地震！

　　你们看全国的哀号！

你们看全国的丧服！

你们看全国颜面的沉默！

　　花将为你们失色，

鸟将为你们失音；

酒将不复在我们口中，

笑将不复在我们唇上！

　　仇敌呀！仇敌呀！——

来，来，来，

我们将与他沉沦！

我们都将与他沉沦！

1925 年 6 月 28 日，《文学周报》第 179 期。

我的南方

我的南方，

我的南方！

那儿是山乡水乡！

那儿是醉乡梦乡！

五年来的彷徨，

羽毛般的飞扬！

如今是烟雾茫茫，

如今是烟雾茫茫！

　　隔了大海，

又隔了长江；

天的苍苍，

风的浪浪。

我抬着眼儿望：

我想的在何方？
想我的在何方？
　在楼上！
在湖旁！
低头的？
凝眺的？
招手的？
念名儿的？
愿长毋相忘，
愿长毋相忘！
我的南方，
我的南方！
　花人眼儿的，
是滴溜溜的珠光——
南方，
南方的好时光！
她那肯
照到沙场上？
沙场上
只有刀枪声，

至多只有

一点滴儿葡萄酒香！

酒香里的梦也不长——

梦不长哟，

我的南方，

我的南方！

1925 年 10 月 12 日，北京《语丝》周刊第 48 期。

战　争

——呈 W 君

　　真聪明的达尔文，

他发现了“生存竞争”！

　　花团锦簇的世界，

只是一座森森的武库罢了；

锦簇花团的世界，

只是一场全武行罢了。

　　上帝派遣儿女们到这世界来时，

原是给了全副武装的。

一手一足之烈么，

便是笨拙的刀枪剑戟；

眼的明，耳的聪么，

便是精巧的快枪与勃朗宁；

最后才能、心思与言语，
那便是冲锋陷阵的机关枪和重炮了。
真是，全能的上帝呀！

　　上帝最初也告诉他们：
只用刀枪剑戟玩玩够了，
别的是轻易使不得的！
但刀枪剑戟有钝的日子，
他们觉得太寒尘了；
便恭恭敬敬揭开他老人家的封条，
不客气地拿起快枪与勃朗宁，
帮助自己的成功，
帮助自己的伟大。
“帮助自己”是上帝最高兴的！
但快枪与勃朗宁
究竟还不痛快；
既然开了杀戒，
何必半推半就的？
索性大大地施展一番身手，
才不丢了全能者的脸面呀！
于是机关枪和重炮上了场，

而世界也真成了花团锦簇的了。

　　用刀枪剑戟肉搏，可笑的；
用快枪与勃朗宁，
也只杀在小小的圈子里，有限的！
机关枪和重炮才有些意思，
远大得很，
远大得很！
而战场上的呐喊厮杀之声
倒反减少了；
场面上的确雍容大雅得多了！

　　在生人间，
在朋友间，
在父子间，
便是在夫妇间，
大家都是戎装相见；
赤裸裸的他我你是找不着的，
而且也没工夫找的。
大家用心思指挥，
用言语布防，
用眼侦察，

用耳斥候，

进行着大大小小的战争。

这种战争你随时遇到，

无论在谁的面前；

而且永无休止，

即便是一秒钟的时候。

　　上帝高坐看戏，

只有一个达尔文，

曾在台上大喊：“生存竞争”。

现在达尔文早已死了，

上帝还是安安稳稳地看他的戏，

他是老而不死的！

1926 年 2 月 26 日。

塑我自己的像

　　在我的儿时，
家里人教给我塑像；
他们给我泥和水，
又给一把粗笨的刀；
让我在一间小屋里，
塑起自己的像。
　　他们教给我
好好地塑一座天官像。
我觉得天官脸上的笑太多了，
而且弯腰曲背怪难看的；
我背了他们，
偷偷地塑起了一座将军。
他骑着一匹骏马，

拿着一把宝刀——
那种一往无前的气概，
仿佛全世界已经是他的了。
家里人走来看见，
都微微地笑着。

　　但是骏马与宝刀
终于从梦里飞去，
我手里只剩了一支笔！
我于是悄悄打碎了那座像，
打主意另塑一个；
这是一个“思想者”，
他用手支持着他的下巴：
永远的冷，在他脸上，
永远的热，在他头上。
这时我不但有泥和水，
而且弄到了些颜色；
但是还只有那一把刀。
我想塑这个像在大都的公园里。
但是太阳太热了，
风太猛了，雨又太细了；

这么塑，那么塑，

塑了好些年，怎么也塑不成！

塑不成，告诉谁呢？

这时候我已在远方了。

我的手只剩这样那样地乱着！

我一下忽然看见陡削的青山，

又是汪洋的海水；

我重复妄想在海天一角里，

塑起一座小小的像！

这只是一个“寻路的人”，

只想在旧世界里找些新路罢了。

这座像，真只是一座小小的像，

神应该帮助我！

但我的刀已太钝了，

我的力已太微了；

而且人们的热望也来了，

人们的骄矜也来了：

骄矜足以压倒我，

热望也足以压倒我。

我胆小了，手颤了，

我的像在未塑以前已经碎了！

但我还是看见它云雾中立着——

但我也只看见它在云雾中立着！

载1926年6月4日出版的《清华文艺》。

朝鲜的夜哭

一

　　西山上落了太阳，
朝鲜人失去了他们的君王。
太阳脸边的苦笑，
永远留在他们怯怯的心上。
　　太阳落时千万道霞光，
如今只剩了朦胧的远山一桁。
群鸦遍天匝地的飞绕，
　　何处是他们的家乡？
何处是他们的家乡？
他们力竭声嘶地哀唱。

天何为而苍苍，

海何为而浪浪，

红尘充塞乎两间，又何为而茫茫？

太仓的稊米呵，

沧海的细流呵，

这朝鲜半岛老在风涛里簸荡！

　　有的是长林丰草，

有的是古木荒场，

仿佛几千万年来没个人儿来往。

只鸦声像半夜的急雨，

只暮色像连天的大洋，

这朝鲜半岛还要风涛里簸荡！

　　缕缕的是晚烟摇漾，

星星的是灯火昏煌；

风在树林里长啸，

天上更没有半星儿光芒。

　　风声掠过鱼鳞般的屋瓦，

屋里人都危坐着一声儿不响。

他们低头合掌，

听着自己的泪珠儿滴上宽大的衣裳。

满屋里迷蒙的雾气，

掩没了他们憔悴的面庞：

眼珠儿像枯了的水井，

手指头像干了的腊肠——

他们魂儿已在半天里彷徨。

　　他们能灰的心已灰尽，

能说的话已说完；

他们已不能叹息，已不用感伤。

但今天呵，今天呵，他们重新觉得了

那带了已多年的铁锁郎当；

大家要痛痛快快哭一哭君王！

　　他们觉得白天的神儿太旺，

自已的屋子是小而肮脏；

有的是露天的空旷，

他们要乘夜之未央，趁夜之未央去痛哭一场！

二

　　时光如线如丝的过去，

好难挨的，这夜的迢迢！

忽听得街头的柝声猛敲，
门开处，你牵着我，我牵着你，
上了那寂寞幽凉的古道。

　　这是一个披了黑衣裳的春宵，
闪闪的街灯是鬼的向导。
沉默的行列像千年的僵石，
又像秋深白杨的萧萧。
来了，来了，这儿的人们是死之海的怒潮！

　　先只是细如发的呜咽，
像明月下密林中的洞箫。
忽然间起了大风暴，
汹汹涌涌的那一片号啕！
是祭天时熊熊烧着的柴燎？
是千军万马的腾踔？
是东海与黄海同声狂啸？

　　我主呵，你的魂可招！
我主呵，你的魂可招！
你是我们的牧人，
我们好比是你的羊羔。

　　朝鲜虽早失了白马银刀，

我们还在成日成夜的梦魂儿萦绕！
你是我们梦里的英雄呵，
老年人靠你保持他风中的残焰，
少年人靠你增长他胆气的粗豪！
女人们托她们的爱于你，
孩子们也在你面前跳跃！
有你呵，还有我们小小的世界，
没有你，看啊，天下的滔滔！

　　大星顿然从日月边没落，
天地已成了白发苍苍，皤然二老。
我们各有千万种心肠，
苍苍莽莽里，向谁祝祷？
我们能有多少脂膏，
禁得住日复一日的煎熬！

　　我主呵，你的手在何方？
我主呵，你的额在何方？
任我们唠叨，任我们号啕，你的影儿怎不见分毫！
倒是风声这样的咆哮，野兽这样的呜嗥，
树叶不住的震颤，
惊鸦们连声的啼叫；

天为我们而沉沉欲堕，
海为我们而掀起波涛！
好吧！让我们用眼泪来浇，
浇呀，浇呀，索性浇没了这朝鲜半岛！

三

　　号啕正与中夜潮声应和，
大风起了，如疯汉之狂歌，
急雨又倾盆而下，如涕泗之滂沱。
他们用宽大的衣袖遮掩，
一边哭一边找地方暂时藏躲。
　　远远的突然有了狡狯的灯光；
近了，近了，听得见铁骑吆喝！
一个个人凝神静听，
这满山满野的啼声，天啊，来得这么多！
　　老太太第一个哆嗦，
暗地里祷祝在天的君主，
他只说他有儿子一个！
少妇也索索的颤抖，

她说道一班儿女全仗他一人儿张罗！
年轻的姑娘早贴向情人的怀里。

　　是一家人都手搀了手，
要受折磨同受折磨！
只有老年人低声叹息，
只有孤单的少年揎拳捋袖，要打他们那一伙！

　　少年们可真是太孤单，
沙沙沙沙的蹄声早已来如猛火！
也不管你妙龄的好女，
也不管你年老的婆婆，
他们一列一列的奔驰而过！
哀号起于马蹄之下，
呻吟起于马蹄之下，
只求“爷爷们饶了我！”

　　“叫嚣乎东西，隳突乎南北。”
这时候风如吼，雨如河！
谁都料不定铁骑们的踪迹，
只踉踉跄跄，提心吊胆，三步两步的延俄！

　　这时候一家人早已撒了手，
便是情人呵，也只落得东西相左！

战战兢兢，零零丁丁，风雨中都念着家山破！

　　你箕子的子孙呀！你要记着——

记着那马上的朗笑狂歌！

你在天的李王呀！你要听着——

听着那马上的朗笑狂歌！

　　风还是卷地的吹，

雨还是漫天的下；

天老是不亮呵，奈何！

天老是不亮呵，奈何！

1926 年 6 月 14 日。

无　题

夜成一诗，乃旧瓶装新酒也。

初夏一片绿，
浩浩大海水，
粼粼起细波；
甜风亲波嘴，
嘴里慢声歌。

纤新照黄昏，
苗条杨柳叶；
孩子的掐痕，
村姑的笑靥。

画布上妖娇，

酒杯里烧刀[1]；

老蒙古身上，

成年成月的脂膏。

录自1933年5月13日作者日记。

---

① 指酒后多言。

玉兰花

此乃注定失败之作，戏为试验也。

大觉寺里玉兰花，

笔挺挺的一丈多；

仰起头来帽子落，

看见树顶真巍峨。

像宝塔冲霄之势，

尖儿上星斗森罗。

花儿是万枝明烛，

一个焰一个嫦娥；

又像吃奶的孩子，

一支支小胖胳膊，

嫩皮肤蜜糖欲滴，

眨着眼儿带笑涡。

上帝一定在此地，

我默默等候抚摩。

录自 1935 年 4 月 15 日作者日记。

挽一多先生

你是一团火，

照彻了深渊；

指示着青年，

失望中抓住自我。

你是一团火，

照明了古代；

歌舞和竞赛，

有力猛如虎。

你是一团火，

照见了魔鬼；

烧毁了自己！

遗烬里爆出个新中国！

1946年8月16日。

题林屋山民送米图卷子

六十多年前河南滑县暴方子先生，到苏州洞庭山里的林屋山做巡检，因为“好事，好出主意”，给县官撤了职。撤职后搬不起家，家里甚至没有米。老百姓纷纷的送柴米给他。当地诗人秦散之给画了这幅图做纪念，题的人很多。暴先生的孙子春霆先生要我也题几句话，我觉得这可以写一首新诗。

暴方子先生，这位芝麻大的官，

　　却傻心眼儿，偏好事好出主意。

丢了官没钱搬家更没米做饭，

　　老百姓上万家人给担柴送米。

上司训斥，说老百姓受他讹诈，

　　他却说，傻心眼儿的人有傻报。

这幅图这卷诗只说了一句话：

　　傻心眼儿的老百姓才真公道。

1947年，《大公报·大公园地》，第272期。

咫 尺

我知道你眼的一瞥，
像轻风掠过脸上。
我知道你手的一触，
像闪电穿过天上。
我知道你声带的一颤：
笑时像一串珠光，
娇时像一绺糖儿，
谈话时像一只百灵鸟儿。
还有，粉帽儿，紫袍儿，黑坎肩儿。
一件不相干的事，
分开了暂相识的你和我。
是你的岔儿？

是我的岔儿？

天知道！——总知，从我分离了你！

但别说这是故事的结局；

世间有的是矛盾，

也许正是故事的起头呢。

在我，追怀与憧憬，

前尘与后梦，

是应有尽有着的；

虽然只暂时相识了你。

　　我是没见过世面的人，

少所见而多所怪的人。

你也许给了我一点儿；

也许压根儿没给一点儿；

但我是曾将芥子看作须弥山的，

我也曾看见空中月华和两个月亮的，

我的话若只逗着你微笑，

若竟招得你冷笑——

你说，这廉价的货色：

那么，原谅着吧，

宽恕着吧，

我原是这样贫乏的人哪！

1928 年 4 月 10 日，《小说月报》第 19 卷第 4 号。

为中国农业银行开幕式题诗

维我中华，

以农立国。

圣人垂训，

首曰足食。

国步多艰，

民生实难。

农人妇子，

啼饥号寒。

不有周赡，

邦本沉沦。

银行之设，

实惠农民。

自设银行，

效绩日彰。

始于四省，

爰及南疆。

南疆经始，

徐君心算。

矢勤矢勇，

美轮美奂。

匪惟货殖，

民隐是求。

利农利国，

嘉谋嘉猷。

录自作者 1938 年 4 月 25 日日记。

歌　词

浙江省立第十中学校歌

　　雁山云影，
瓯海潮淙。
看钟灵毓秀，
桃李葱茏。
怀籀亭边勤耕诵，
中山精舍坐春风。
英奇匡国，
作圣启蒙。
上下古今一冶，
东西学艺攸同。

1923 年。

四川邛崃县敬亭学校校歌

书声琅，琴声扬，

邛之子，萃一堂，

孜孜为学，皎皎立身，

除旧染，作新民，

或尽力乡邦，或效命疆场，

愿为佳子弟，愿为国之光，美轮美奂，

百年大计，伊谁之惠？敬亭张公之赐！

1933 年作。

清华大学第五毕业级级歌

嗟我多士，来自远方。

气求声应，济济一堂，

赏奇析疑，舍短用长，

水木清华，相与徜徉。

天行健兮，当知自强；

时不待兮，须惜韶光。

齐心同愿兮，锥处囊；

弼时仔肩兮，邦之良。

清华大学第十级新生级歌

举步荆榛，极目烟尘，请君看此好河山。

薄冰深渊，持危扶颠，吾侪相勉为其难。

同学少年，同学少年，一往气无前。

极深研几，赏奇析疑，毋忘弼时仔肩。

殊途同归，矢志莫违，吾侪所贵者同心。

切莫逡巡，切莫浮沉，岁月不待人。

1935 年 4 月 25 日。

维我中华歌

维我中华，
泱泱大邦！
原田胹胹，
山高水长。
历五千年，
多少治乱兴衰；
铢积寸累，
汉家文化日光昌。
孝武皇帝开疆拓舆，
威名震四方；
忽必烈汗，
铁骑纵横，
长驱欧亚。

青年人，慎莫忘：

天行有常，

人谋不臧。

百余年间，

蹙国万里，

舆图变色，

痛切衷肠。

青年人，莫悲伤，

卧薪尝胆，

努力图自强。

先民有言：

不问收获只耕耘。

献尔好身手，

举长矢，射天狼！

还我河山，

好头颅一掷何妨？

神州睡狮，

震天一吼孰能量！

维我中华，

泱泱大邦！

原田朊朊，

山高水长。

鸡鸣嘐嘐风雨晦，

着先鞭，

莫彷徨。

三军夺帅吾侪不可夺志，

精诚所至，

金石难当。

有志者，

事竟成，

国以永康。

清华大学第八毕业级级歌

维风雨飘摇，维风雨飘摇。

鸡鸣四野声嘐嘐。

同堂朝复朝，同堂朝复朝。

天涯海角来订交。

同德同心，其利断金。

慷慨各努力，

吾侪任重路迢迢，

为校光，为国光，

诸兄弟姐妹，志气干云霄。

少年志气干云霄。

1936 年春作。

清华大学第九级级歌

莽莽平原，漠漠长天，举眼破碎河山。

同学少年，同学少年，来挽既倒狂澜。

去向民间，去向民间，国家元气在民间。

莫怕艰难，莫怕熬煎，戮力同心全在咱。

1937 年。

昆明五华中学校歌

邈哉五华经正，

流风余韵悠长。

问谁承前启后？

青年人当仁不让。

还我大好河山，

四千年祖国重光，

责在吾人肩上。

千里英才，荟萃一堂；

春风化雨，弦诵未央，

坚忍和爱，南方之强。

五华万寿无疆！

1944 年 11 月 2 日。

江苏省立第八中学校歌

浩浩乎长江之涛，

蜀冈之云，

佳气蔚八中。

人格健全，

学术健全，

相期自治与自动。

欲求身手试豪雄，

体育须兼重。

人才教育今发煌，

努力我八中。

1921 年。

云南省选送留美公费学生预备班班歌

昆明湖，

点苍山，

孕育我们这一班青年。

预备好，

美利坚，

乘风破浪一往气无前。

心要细，

胆要大，

他山之石可以攻错。

机械化，

电气化，

最大多数最大幸福。

建设新西南，

建设新中国，

我们要建设庄严伟大的新中国！

附录：译诗

译诗二首

（从《再别怕了》译出）

冬日鸳鸯菊

簇着，小小的仿佛一口气，

不是棵花儿，倒是一群人；

好像在用心头较热的力

造他们心头自己的气温，

他们活着，不怨载他们的

地土，也不怨他们的出世。

他们跟大地最是亲近的，

他们懂得大地怎么回事；

这儿冬天用枯枝的指头

将我们拘入我们的门槛，

他们却承受一年最冷流

建筑他们的家园在中间。

1939年9月3日

吃着苹果，摘下来从英国树，

脚底下是秋季，我们在战争。

战氛的星球上许害了疯症，

眼睛里能见到一切的凭据——

黄蜂猛攫着梅子，像我们一流，

但他们聪明些，

有分际——四方都到成熟期，

除我们这一帮无季节，

无理性，有死而不自由。

话有何用，

我们本然的地位是本然的自我。

人能依赖的

希望还是人，虽然人类遭了劫。

恐怖会将恨来划破了大地

和人的脸；但若尽力于无害的，

我们，这最后的亚当，未必尽劣。

我们说的是谁的名字[1]

John Dillon Husband 作

这世纪，我们不会死于失恋。

我们是现实主义者，跟着

不毛的暗淡的环境上下。

所以那打窗的雪片，

那贴在黑丝绒上的圆月，

那清晨的静默无声——

我们都抽抽肩膀不理。

我们开无线电，赶早车，

日子就这么叶子般落去。

我们正视事实。我们的时光

① 原作见 1945 年春季《耶鲁评论》。

短而险，我们会从摇奖机摇掉。

我们失掉什么？这是什么地方？

那细长的呼唤，教夜晚只剩

一片寂寞和一番期待的，

还有那黑暗中屏着的呼吸，

那空虚的时间里跟你们

手拉手——别提这些，别信这些，

没有凭据的，没有见证的。

旧伤合了口。如果创痕发白，

如果创疤有时还像火一般，

那么，别去想它就是了。

这世纪，我们不会死于失恋。

我们计算着我们有的日子，

我们收拾起这时代的闲话。

照译者的了解，这诗题就是“我们说的是我们自己”的意思。诗中所宣示的是现实主义者的现实主义。“失恋”直译该是“失掉的种种爱恋”，大概指种种理想而言。“雪片”“圆月”等都是“理想”的形象化。“细长的呼唤”“屏着的呼吸”“空虚的时间里”的“手拉手”，都是太静了的对“理想”的处理。现实是“开无线电”“赶早车”，都是动的。最重要的是现实的“我们有的日子”，我们可不该让“闲话”耽搁了这些日子。

——译者记

偷睡的

Tagore　作

谁从孩子双眼里偷了睡去呢！

我得知道。

系了伊的瓶在伊的腰间，

母亲往近村取水去了。

这是个正午，

孩子们游戏时间过了；

池中鸭子们都默着。

牧童熟睡在榕树底荫下。

鹤儿在檬果林旁沼池里肃静地立了。

那时偷睡的走来，

从孩子双眼里夺取了睡，

便飞了开去。

母亲回来时，
只见孩子在满屋里爬着游着了。

谁从我们孩子双眼里偷了睡去呢？
我得知道。
我得找着伊，将伊锁了。
我得找到那黑洞里；
便是在许许多多滴溜溜圆的，
和愁眉苦脸的石头之间，
有条小河涓涓流着的了。
我得找到巴苦拉 Bakula 林底倦影里；
那里有群鸽们据了他们的一方咕咕地叫着；
在星光灿烂的夜静里，
更有仙子们的踝镯叮叮当当响着。
黄昏时分，
我将在那萤儿们挥霍他的光的，
窃窃私语着的竹林的沉默当中，
我将问讯着每个遇着的活的东西，
“有人能告诉我偷睡的在那儿住么？”

谁从孩子底双眼里偷了睡去呢?

我得知道。

只要我能捉着伊了,

不该给伊一回十足的教训么?

我要攻入伊的窝中,

看伊将所偷的睡都放在那里。

我要全劫夺了他,带了回家。

我要将伊的两翅牢牢缚了,

放伊在河岸上,

让伊用一枝芦韦在苇丛和睡莲当中钓鱼顽儿去罢。

晚上买卖完了,

村上孩子们坐在他们母亲的膝上时,

夜莺们都带着嘲笑在伊两耳边嚷道:

“现在你将去偷睡的睡呢?”

1921年9月15日译自《新月集》。

女儿底歌

Davies　作

一

也许造乐园的上帝，

误落了一粒种子，

到时间底近旁；

便长成现在了？

二

你我拾着了生命，

诧异地看他；

不知要不要留他当一件玩意儿呢？

他像红花炮一般——好看，

我们又晓得，他是点着了；

“线儿”正烧时，我们早将他丢下了。

三

花啊！

我也就要死了——

不要这般骄傲呵！

四

海湾里岛上边，

太阳孤零零地快死了。

罂粟花啊，闭了你们的眼罢——

我不愿你们见着死，

你们这般年轻呵。

五

太阳落了，

像一滴血，

从英雄身上落下。

我们爱痛苦的，

正欢喜这个哩！

1921 年 9 月 18 日译自《新诗集》。

源头

Tagore 作

那匆匆飞上孩子双眼的睡，

有人知道他从那里来么？

是了，听说他住在萤光朦朦映着的林荫当中的仙村里；

就是有两颗羞羞缩缩的魔芽儿悬着的地方了，

光泽便从那里来，

吻孩子底双眼。

孩子睡底时候，那在唇边闪烁的微笑！

有人知道他生于何处么？

是了，听说有一缕年轻的，

苍白的新月底光，

触在正散着的秋云底边上；

那微笑便在露洗过的早晨底梦里诞生了——就是孩子睡时，在他唇边闪烁的那微笑。

那甜软的光泽，
在孩子手足上花一般焕发的——有人知道他一向是
　　在那儿藏着么？
是了，那母亲还是小姑娘时，
他就灌透了伊的心，
躺在温柔而沉默的爱底神秘里了——便是那甜软的
　　光泽，
在孩子手足上如花地焕发的。

1921年11月6日译自《新月集》。